幼兒全語文 階梯故事 系列

大家一起玩

袁妙霞　著
野人　繪

園丁文化

看！熊貓弟弟在騎單車，騎得多高興。

小豬問：「我們可以一起玩嗎？」
「好啊！」熊貓弟弟說。

看！他們一起打羽毛球，打得多高興。

袋鼠和樹熊問：「我們可以一起玩嗎？」
「好啊！」熊貓弟弟和小豬說。

看！他們一起玩捉迷藏，玩得多高興。

朋友都來了，問：「我們可以一起玩嗎？」
「好啊！這麼多朋友，玩什麼好呢？」

看！他們分成兩隊，進行拔河比賽。

導讀活動

提問

進行方法：

❶ 讀故事前，請伴讀者把故事先看一遍。
❷ 引導孩子觀察圖畫，透過提問和孩子本身的生活經驗，幫助孩子猜測故事的發展和結局。
❸ 利用重複句式的特點，引導孩子閱讀故事及猜測情節。如有需要，伴讀者可以給予協助。
❹ 最後，請孩子把故事從頭到尾讀一遍。

 封面
1. 圖中的小動物個個都很高興，你知道為什麼嗎？
2. 他們是一起玩還是自己玩呢？
3. 請把書名讀一遍。

 P2
1. 熊貓弟弟在玩什麼？
2. 他玩得高興嗎？

 P3
1. 誰來了？他手裏拿着什麼？這遊戲是多少人玩的？
2. 你猜他跟熊貓弟弟說什麼？你猜熊貓弟弟會怎樣回答？

 P4
1. 熊貓弟弟和小豬在玩什麼？
2. 他們玩得高興嗎？

 P5
1. 誰來了？你猜他們想跟熊貓弟弟和小豬一起玩嗎？
2. 小袋鼠手裏拿着什麼？你猜他們將會玩什麼遊戲？

 P6
1. 你猜對了嗎？他們在玩什麼遊戲？
2. 他們玩得高興嗎？

 P7
1. 誰來了？你猜他們想跟熊貓弟弟等一起玩嗎？
2. 小白兔手裏拿着什麼？你猜他們將會玩什麼遊戲？

 P8
1. 你猜對了嗎？他們在玩什麼遊戲？
2. 圖中的小動物都在用力拉繩，只有熊哥哥站在一旁。你知道為什麼嗎？

9

說多一點點

 知識點 **遊戲新玩法**

一件玩具，一種遊戲，常常有它固定的玩法。但是，只要我們動動腦筋，它的玩法就不只一種了。例如皮球，可以有以下的玩法……

拍球

踢球

滾球

雙腿夾着皮球沿地跳……

請跟孩子討論他常玩的一件玩具或一種遊戲，究竟還有沒有其他玩法。

字卡

❶ 把字卡全部排列出來，伴讀者讀出字詞，請孩子選出相應的字卡。
❷ 請孩子自行選出多張字卡，讀出字詞並口頭造句。

請沿虛線剪出字卡。

大家	一起	騎單車
高興	可以	羽毛球
捉迷藏	他們	分隊
進行	拔河	比賽

幼兒全語文階梯故事系列 第3級（中階篇） 《大家一起玩》 ©園丁文化	幼兒全語文階梯故事系列 第3級（中階篇） 《大家一起玩》 ©園丁文化	幼兒全語文階梯故事系列 第3級（中階篇） 《大家一起玩》 ©園丁文化
幼兒全語文階梯故事系列 第3級（中階篇） 《大家一起玩》 ©園丁文化	幼兒全語文階梯故事系列 第3級（中階篇） 《大家一起玩》 ©園丁文化	幼兒全語文階梯故事系列 第3級（中階篇） 《大家一起玩》 ©園丁文化
幼兒全語文階梯故事系列 第3級（中階篇） 《大家一起玩》 ©園丁文化	幼兒全語文階梯故事系列 第3級（中階篇） 《大家一起玩》 ©園丁文化	幼兒全語文階梯故事系列 第3級（中階篇） 《大家一起玩》 ©園丁文化
幼兒全語文階梯故事系列 第3級（中階篇） 《大家一起玩》 ©園丁文化	幼兒全語文階梯故事系列 第3級（中階篇） 《大家一起玩》 ©園丁文化	幼兒全語文階梯故事系列 第3級（中階篇） 《大家一起玩》 ©園丁文化